MW01519521

ISBN 978-2-211-09755-0
Première édition dans la collection « lutin poche » : novembre 2009
© 2008, l'école des loisirs, Paris
Loi numéro 49 956 du 16 juillet 1949 sur les publications
destinées à la jeunesse : mars 2008
Dépôt légal : décembre 2016
Imprimé en France par Pollina à Luçon - L79478

Alan Mets

Mon chat stupide

les lutins de l'école des loisirs
11, rue de Sèvres, Paris 6e

J'ai un chat stupide, et c'est fatigant…
Ce matin, il m'a réveillé en me mordant les orteils.
Je ne trouve pas ça très drôle.

En mettant mes pantoufles,
j'y ai trouvé trois petites crottes.
Mais quelle andouille, ce chat.
Je ne trouve pas ça marrant.

Pendant que je nettoyais ses crottes,
mon chat stupide a bu mon bol de lait.
Mais qu'il est bête, ce chat.

Dans la salle de bains, mon chat stupide
a vidé le tube de dentifrice sur mon pyjama blanc.
Un pyjama rayé, c'est vraiment charmant.

Après toutes ces bêtises, mon chat stupide
était très content. Il souriait de toutes ses dents.
Alors je l'ai chassé à coups de balai, non mais !

Mon chat stupide est un dur à cuire.
Mon balai l'a bien fait rire, et il m'a tiré la langue.
Et puis il s'est enfui.
Mon chat stupide est très rapide.

J'ai pensé : il va revenir.
J'ai attendu une heure, deux heures…
J'ai attendu toute la journée.

Comme il ne revenait pas, j'ai pensé qu'il était mort.
Alors je me suis assis tout au fond de mon petit lit.
J'ai pris mon drap tout blanc pour m'essuyer le nez.
J'ai pleuré toutes les larmes de mon corps.
J'ai pleuré pendant des jours, des semaines, des mois.

Et puis, un jour, j'ai senti sur ma joue quelque chose de très doux qui séchait mes larmes.
Et juste après, j'ai senti sur mon nez quelque chose de tout mouillé et tout râpeux qui m'a chatouillé, gratouillé… et j'ai éternué.

ATCHOUM !

Mon petit chat stupide a eu très peur !

Alors, pour le consoler,
j'ai pris mon petit chat sur mon cœur.